(불안)이라 읽어주세요

예술가시선 30

(불안)이라 읽어주세요

초판 1쇄 발행   2022년 10월 28일

지은이   이진옥

펴낸이   한영예
편집   박광진
로고디자인   이길한
펴낸곳   예술가
출판등록   제2014-000085호
주소   서울 송파구 문정로13길 15-17 201호
전화   010-3268-3327
전자우편   kuenstler1@naver.com
인쇄   아람문화

ISBN   979-11-87081-25-8 03810

예술가 시선
30

(불안)이라 읽어주세요

이진옥 시집

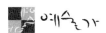 예술가

시인의 말

누군가 던져 놓은 나는,
허공에 뿌리 내렸다

허공을, 버리기로 한다

내가 나를 던지는 것이다

2022년 가을
이진옥

목차

1부

가자, 세헤라자데

죽음의 이야기 너는 알고 있지 왕의 여자들이 차례로
사막에 피를 뿌리는

밤은 어찌 그리 길었는지 천 개의 이야기 끝나도 해는
떠오르지 않고
어둠으로 배불린 전갈 네 다리를 베고 누워 속삭이던
검은 蜜語

사막은 산도 바다도 신기루 바람이 건너간 자리에 익
명의 모래섬이 존재했다 사라지고
피의 흔적이 있어야 할 자리에 너, 세헤라자데

쓸모있는 것들의 세상에서 쓸모없는 것으로 살아간다
는 것이
사막을 벗어나지 못하고 입안 가득 모래를 씹으며 사
는 이유라면
언젠가 신기루가 되기 위해 모래를 삼키는 것도 그리

탓할 일 아니건만

어쩌면 모래가 무성하게 자라 뿌리 내릴 날이 있을지
모래에서 떨어지는 수액에 혀를 적셔볼 수 있을지
깊숙이 숨겨둔 생각에 허를 찔려 엎드린 날

묵직하게 쏟아지는 모래에 찍힌 별의 발자국 사막 위
에서도 푸르게 빛나던 존재가 있었음을 그때는 왜 몰
랐는지

무서운 수다

엄마는 겨울에 세상을 향해 그 애의 목을 잡아 뺐다
엄마는 그 애에게 아무것도 묻지 않았다
여름이 좋겠다고 말할 기회를 잡지 못한 그 애는 콜록
거리며 기어 나왔다
엄마는 삼신할미의 뜻에 따라 한 일이므로 자신은 아
무런 잘못이 없노라 했다

목이 길게 늘어진 그 애는 풋내기라 불려졌다
비릿한 풋내 풍기는 시큼한 시선이 입안에 고였다

널 싱싱하게 낳은 것은 참 잘한 일인 것 같아

뱉어버릴 수 없는 신물이 자꾸 고였다

풋내기가 새장이 되었다
새장이 하는 일은 새를 가두는 일이라 했다
갇힌 새 두 마리가 배꼽을 사정없이 쪼아대고 있었다

비명이 입안에 갇혔다

새장 문을 열었으나 어떤 것도 나가려 하지 않았다
차라리 새가 되고 싶다고 중얼거리자
새장으로 거실 한 귀퉁이를 차지하는 것이 얼마나 수
지맞는 일인 줄 아느냐고 엄마가 짹짹거렸다

엄마가 새장 안에 똬리를 틀었다 징그러운 엄마

소름이 무럭무럭 날을 세우고 자라
어깨를 부수며 뇌까지 퍼렇게 직선을 그었다

전율의 끝은 겨울과 닿아 있었다

자폐의 책

내 안에는 거세당한 나무가 자라지
잘려 나간 붉은 문장이 영글 때마다
뿌리의 기억을 떠올려 갈증을 호소하지
메마른 피부에 새겨 넣은 첫 줄은 시인에게

왜 하필 시인일까

프로메테우스에게서 불을 넘겨받은 자들이 시인이어
야만 해
강철의 표지를 들추고 나를 읽어 줄 사람은 불을 가진
시인이어야만 해

띄어쓰기가 되지 않았거나 표기가 틀린 글자를 발견
했을 때
교정의 욕구가 일어도 교정부호로 날 더럽히지 마
중요하다고 밑줄 그어 흔적을 남기지 말아줘
잘 넘겨지지 않는다고 손가락에 침을 발라 억지로 넘
기지도 마

침 발랐다고 내가 당신 소유가 되는 건 결코 아니잖아

지금 읽는 장이 이해되지 않는다고 몇 장 앞을 다시
기웃거리는 당신
나도 이해 못 하고 넘긴 앞장을 굳이 이해할 필요 없어
이해되지 않는다고 버릴 생각은 하지 말아
버림받은 비문이 어느 날 화려하게 당신을 몰락시킬
지도 모르니까

어느 지점에선 얼음의 戀書를 읽어야 할지도
다른 어느 곳에선 매복한 문자가 당신을 빠뜨릴지도
어쩌면 당신이 읽은 것이 원본이 아닐지도 모르지만

모두 읽었다고 정의한다거나 요약할 생각하지 마
책장에 꽂아놓고 뒤돌아서 그리고 잊어버려

그런데 당신, 들춰지지 않는 표지를 앞에 놓고 졸고
있었던 거야?

콤플렉스는 사소死笑하다

나의 장례식에 초대받았어요

초대장을 통과하기란 낙타가 바늘구멍을 통과하는 것
만큼 힘든 일인 것 같아요

아버지가 내 영정 사진을 가슴에 안고 있어요

파랗게 언 아버지의 주름진 손에 내린 눈이
하얀 장갑처럼 끼워졌다 툭툭 갈라져 내려요

아버지의 손에서 떨어진 내 사진 아픔 따윈 생각조차
해본 적 없는 가면처럼 웃고 있어요

사실 오줌을 지릴 만큼 아프다는 걸 말할 수 있는 딸
은 많지 않을 거예요

입꼬리 힘껏 올리고 소리 없이 웃는 내 모습이 대견하

다며 아버지 웃음소리가 부서져 한 자씩 흩어져요 아
버지를 웃게 하려고 내 입꼬리가 얼마나 시렸는지

내 정원엔 꽃 같은 건 심지 말아라
대신 땅에 떨어진 나를 심어줬으면 좋겠다
산산이 부서진 나를 심어 달라는 것이 뻔뻔한 부탁인
걸 알지만
땅에 엎드려 있는 건 참을 수 없구나

아버지의 손에서 떨어진 내가 부서진 줄 알았는데
내 사진을 놓친 아버지가 부서져 있어요

아버지를 향해 웃고 있는 내 입꼬리를 뽑아 던져버
려도 이젠 웃을 수 있어요
던져진 입꼬리는 아버지 정원의 거름이 될 거예요

아버지가 잘 자라면 초대장을 보낼 거예요 늙지 못하
는 아버지의 장례식을 위한

무임승차

달리는 차창에 파리 한 마리 앉아 있다
가느다란 발에 힘이 들어가 있다
신호에 걸리기라도 하면 미안한 듯
다리를 비비며 용서를 구한다

안의 나와 밖의 그
우리는 서로 생각이 깊다
따뜻하고 안전한 곳을 외면하고 거친 바람을 선택한 것은
안전하다고 생각하는 곳에 도사린 위험을 아는 것이다

구도자 같은 모습으로 버티고 있다가
고맙다는 인사도 없이 가버린 그
갈 곳을 알기에 뒤돌아보지 않는다

오랫동안 먼지처럼 허공만 떠다닌 나는
멈출 곳 몰라 걷고 또 걷는데
대가 없이 허공을 빌린 나에게
누군가 손을 내밀지도 몰라 자꾸 뒤돌아본다

적막의 그물에 걸린 마음을 멜랑콜리라 말하고 싶지 않다

웹 서핑을 하다가 우연히 마주친 당신 반가워요

그렇게도 벗어버리고 싶어 하던 (그림자) 꿀꺽 삼키고
환하게 웃는 당신 참 좋아 보이네요

(그림자) 앞세우고 걷던 날은 걸려 넘어지고 (그림자)
두고 가려다 뒤꿈치 물려 성한 날이 없던 불화의 날들

(그림자) 밟고 있어야 안전하다를 정답처럼 말하는 내
입술에 오답의 눈길을 던지던 당신
입술을 아낀 이유 이제 알겠네요

(그림자) 꿀꺽 먹어버린다 어떻게 이런 멋진 생각을
했나요 봐요 당신 너무 으스대고 있잖아요

굳게 다문 입술로 눈동자만 흔들리던 당신을 기억하지 말라는 기막힌 폭력 앞에 당신이 삼킨 (그림자) 내 목구멍에 걸려 있어요 미안해요 잠시 당신 것을 탐하는 실수를 했어요

불법체류를 벗어난 당신, 따뜻한 곳에서 밥 한번 사지 않겠어요

잠깐만요 내 발밑에 숨어 비틀거리는 그림자 가져가면 안 되나요

서사를 거부한 채 웃고만 있는 당신.

익숙한 판타지

알에서 깨어난 아이들이 바람의 망령처럼 몰려다녔다

빨갛게 타오르는 태양 아래
하얗게 흰 신작로 모퉁이 돌아
버스 꽁무니 노란 먼지 따라 달리는 아이들

노랑 신호등이 아이들을 멈칫거리게 하지 못하고
색맹인 아이들에게 붉은 신호등은 쓸모없는 부록
달리는 아이들에게 지나온 길을 기억하느냐고 물어봐
야 했을까

이쪽 어둠을 뒤로하고 저쪽 어둠을 앞에 두고 달려야
한다는 것
달리는 동안에도 여전히 상처가 곪고 있다는 것을 의
식하지 못하지만
돌부리에 걸려 넘어진 무릎이 기억하고 있었다

분노를 길어 올린 아이들은 이미 귀가 닫혀 있어
달리는 것과 표류하는 것이 같은 의미가 된다는 걸 어
떻게 말해 줄 수 있을까

기억해야 할 것은 어둠 속에서 누구에게도 손을 내밀
어서는 안 된다는 것
기억하지 말아야 할 것은 어둠 속에서 누군가가 손을
내밀고 있다는 것

노란 먼지 같은 달이 떠오르고 쉼표 잊은 아이들이 막
다른 골목을 앞에 두고 달리고 있다

아이들이 지나간 거리에 흩어진 어둠의 부스러기

포박된 오후

반백의 네가 앉아 있다 신발 가지런히 벗어 놓고
민소매 입은 그녀들을 바라보는 겨울 잠바 팔 걷어 올
린 네가 있다
반짝 떨어지는 시선 방금 그녀가 뱉어버린 껌에 가 달
라붙는다
주워 든 껌을 입에 넣자 씹힌 껌이 중얼거린다 인색
한 년!

뱉은 침과 함께 동그랗게 말린 껌이 잠깐 구르다
매끈한 구두 밑바닥으로 몸을 숨긴다
입가에 희미하게 머무는 미소
손가락을 넣어 머리를 긁는다
너의 생에 매달려온 엉킨 머리카락이 손가락을 잡고
놓아주지 않는다

손바닥을 바라본다
무수히 그어진 잔금에 검은 때가 선명한 미로 같다
움켜잡는 법을 알았더라면 껌 껍질 정도는 벗겨 볼 수
있었을 텐데
주먹 쥐는 법을 모르는 너의 펼친 손바닥이 아래로 떨
어진다

오후의 햇살이 느릿느릿 전동차 문을 열고 맨발의 네
가 그림자처럼 들어간다

255mm가 선명한 신발 한 짝, 바닥이 드러난 신발 한 짝
짝없어 버려진 것들의 조화로움이라니

문 유리에 이마를 붙이고 선 네가 던진 시선에 내가
잡혀 있다

백 년 동안의 고독[*]

엉덩이에 퍼렇게 붙어 있던 몽고반점
그것이 그늘의 씨앗이었다
그는 나에게 뭘 바라고 야무진 씨앗을 엉덩이에 심어
줬는지

청동의 가지에 무성하게 피어난 녹슨 혀가 귓부리 핥
으면
터진 점막이 쏟아 놓은 베개를 적신 흥건한 불면의 조
각들
밝아지지도 않으면서 어두워지지도 못하는 아침을 딛
고 일어서면
발밑은 뜨거운 백사장 걸음마다 얼음이 날카롭다

그늘이 만든 나는 그림자가 없었다
그림자 없는 나에게 잇새에 끼인 울음은 불편했다
삼킬 수도 없는 울음은 멈춰지지 않는 웃음이 되었다
죽을 만큼 웃었다면 행복하다 해야 하는지

텅 빈 골목 해를 등지고 걸어가다 뒹구는 깡통을 힘껏 걷어차는 그림자를 이해하는 것처럼 나를 이해하고 싶다
백 년쯤 되었나, 한번은 그늘을 청소해야 하는데

낡은 양피지 속 글자는 자꾸만 부서지고 이제 그만 농담처럼 툭툭 털어버렸으면

* G. G. 마르케스의 소설 제목

꿈의 배후

첫째 날,
미러에 내리꽂히는 햇살의 적의에
자동차 바퀴를 붙들고 있던 새의 날개를 밟아버렸다

둘째 날,
금빛 등의 곤충이 창틀에 앉아 깊은 잠에 빠져 있다
톡톡 등을 두드리니 파삭
금빛 등에 내려앉아 있던 햇살이 놀라 일어섰다

셋째 날 밤,
허공이 머리카락을 잡아당깁니다
침대가 불안해 보입니다
웅크린 침대를 위로하며 잠이 들었습니다
잘린 새의 날개나
부서진 곤충의 등껍질 따위는
잊어버린 지 오래입니다라고
떨리는 소리로 꿈이 말합니다
꿈의 말을 이해할 수 없는 허공이

머리카락을 당기고 있습니다

허공의 난독이 숨과 숨의 틈새에 끼였다고 생각한 꿈은

숨을 참으며 재빠르게 말합니다

잘린새의날개나부서진곤충의등껍질따위는잊어버린

지오래입니다

거실 벽에 갇혀

꿈과 허공의 식어가는 시간을 기다리던 뻐꾸기가 튀

어나와 비명을 질렀습니다

뻐꾸기의 의도를 알아차린 넷째 날이 밝았습니다

블루

시간이 토해 놓은 질퍽한 토사물에 몸을 굴리다
시간은 생각보다 끔찍한 냄새를 갖고 있다…고
거울 안의 나와 눈이 마주친다

거울 안의 내가 거울 밖 나를 안다고 한다
정말 그럴까

어떤 것에든 뾰족한 굽을 박아 넣는 건 못 할 짓인 것
같아
하이힐을 신지 못한다는 거울 밖이 말한다

끓는 물을 벤자민 다리에 들이붓는 건 어떨 것 같아
오그라드는 벤자민 다리를 보려고 물을 끓인다는 거
울 안이 말한다

거울 뒤로 수많은 사람이 스쳐 갔는데
누구를 본 기억이 없다고 밖이 말한다

나를 찢어 너를 놓아주고 싶어

안이 속삭이며 가슴을 연다

깊고 어두운 눈동자가 조각난 거울을 애도하고 있다

(불안)이라 읽어주세요

내가 달을 살해했습니다

충혈된 눈으로 더듬더듬 읽어 내려가는 弔辭를 면죄부
라 하지 않겠습니다

동쪽에서 떨어져 채 여물지 못한 머리가 한쪽으로 찌
그러져 있습니다
입꼬리를 비틀고 노랗게 웃습니다
살해당한 것의 웃음은 지루하지 않아서 좋습니다

환한 거리마다 달의 부고를 알리는 등불을 내걸었습
니다
하지만 누구도 달의 부재 같은 것에 관심을 두지 않습
니다

토끼를 잉태하다니, 달은 제 안의 돌연변이를 용서할
수 없었습니다
축축한 양수에 싸여 명랑하게 떡방아를 찍는 토끼를
응원하느라
사람들이 자꾸만 달을 올려다보았습니다

살해당한 달 안에 토끼는 없었습니다

　　내가 달을 살해 했습니다
어둠이 있어야 완성되는 (　　)이 (　　)해서
달이 제 눈 찔러 어둠 얻기 전에

단단한 잠

끊어질 것을 알고 건너는 다리 위에서 어떤 생각을 해
야 할까요

누군가 내 발목을 감아쥐고 싱싱하게 살아 있군! 라고
말합니다
애매한 것에 열광하다 보면 서로를 알아보게 된다고
말해 주었습니다

가파른 절벽 위에 홀로 앉아 야생의 이빨 드러낸 꽃잎
에 뜯어 먹히는 나를 만났습니다

꽃은 언제까지 피었다 졌다를 반복할 수 있을까
까마귀 떼가 짓이겨진 꽃잎을 날게 할 수 있을까
나를 먹은 꽃은 얼마나 아름다워질 수 있을까

꽃의 사생활에 대해 생각하다가
무명용사의 묘지를 어슬렁거리던 백구를 보았습니다
뒷다리를 들고 묘비에 오줌을 싸 갈기던 순간을 말입
니다
수치를 느낀 묘비명의 얼굴이 붉어졌습니다

붉어진 묘비명이 나에게 말합니다
그림자처럼 살아온 너는 여전히 푸르구나.
환청처럼 들리는 소리에 몸이 녹슨 대문 소리를 냅니다
어쩌면 발목이 비명을 지른 것일지도 모르겠습니다

어제와 다른 해가 떴다

익숙한 세계가 사라지고
낯선 세계로 미끄러졌다
이 행성의 이름을 무엇이라 불러야 할까
잠과 먹이는 까칠하고 의복은 피와 눈물에 젖었다

이방의 행성에서 꾸는 꿈이다
낙타의 혹과 혹 사이 구릉에 앉아 혹을 자른다
눈물이 사막에 떨어진다
눈물이 사라진 자리에 피는 소소초蘇蘇草*
낙타는 입안 가득 소소초를 씹으며
모래에 빠진 발을 힘겹게 끌어 올려 길을 찾지만
태양은 길을 감추고 신기루만 보여주고 있다

그 많던 길은 어디로 갔을까
가시를 씹으며 침묵을 강요당하는
마비된 혀에 갇힌 말에게 길을 물을 수 없다

잃어버린 길 따위는 밀어두자
모든 것이 금기의 질문으로부터 시작되었다 해도
몸을 잃고 눈물을 얻으라는 거래가 온당한 것인지
바람과 모래의 거친 불화 속에서 웃으며 가시를 내밀
줄 아는 그대
어찌 이리 따뜻한가

* 낙타초라고도 불리며 날카로운 가시를 달고 있다.

도망자

그녀가 칼을 간다
아름답게 절단하기 위해
길고 가는 칼을 가는 동안
케이크가 배달되었다

버스를 타고 가다 오른쪽 앞 유리의 균열을 보았다
마주 볼 수 없어 비스듬히 곁눈질하다
한 근 두 근 심장 베어지는 소리 들었다

꿈틀거리는 지렁이를 물고 불안했던 쥐
쥐를 물고 어슬렁거리던 고양이는
선물로 죽은 쥐를 문 앞에 두고 갔다

한때의 과잉과 한때의 냉소 그리고 또 한때의 불안으
로부터

페이드 아웃

시계의 초침에 떠밀려 낯선 세계에 서 있다

뒤돌아보니 지나온 길이 아득하다

살며 찍은 발자국들 희미해진다

우물쭈물하다가 내 이렇게 될 줄 알았지*

먼저 눕는 육신을 바라보는 마음의 표정이 착잡하다

때때로 태양을 가리는 먹구름의 그늘에서 떨기도
인생의 잔가시에 무수히 상처를 입기도 했다
그렇다 열 번에 한두 번은 행복했었는지도 모르겠다

누워서 평화로울 수만 있다면 마음도 그러하리라

무심한 육신의 얼굴에 마음을 포갠다

fade-out

* 조지 버나드 쇼의 묘비명

2부

불면

달빛이 누웠다 간 자리에
햇빛이 걸터앉을 때까지도
사내는 허공에 자신의 눈을 걸어 놓았다
베개 위에는 나는 전생에 새였거나 새였다라고 쓰여
있다

21층 아파트에서 아침을 맞은 사내의 이마에 붙은
굳은 잠이 잠시 한눈을 파는 사이
사내의 흰 손목에 푸른 정맥이 넝쿨 식물처럼 부풀어
올랐다
정맥에서 뻗어 나온 줄기가 베란다를 거쳐 지상에
닿았다
사내는 날지 않아도 추락하지 않아도
지상에 닿는 방법이 있다는 걸 비로소 알게 되었다

자신의 전생이 새였다라고 굳게 믿고 있는 사내는
지상에 닿는 것도 하늘을 나는 것도
날갯짓이어야만 한다고
아니면 차라리 추락이 더 의미 있는 일이라고
정맥에서 돋은 넝쿨을 자르며 생각한다

넝쿨을 자르면 날개가 돋을까
날개가 돋으면 뒤돌아보지 않고 날 수 있을까

오늘 밤도 사내의 잠은 허공에 걸려
푸른 정맥을 내려다보고 있을 것이다

씻김

저문 강*이 불렀어요
낮의 뜨거움이 새긴 수치를 씻으라 하더군요
한 꺼풀씩 씻겨 나갈 때마다 벗겨진 자리의 화끈거
림이라니

오래전 돌아가신 할머니의 긴 곰방대가 몽실몽실 하
얀 연기로 흘러가고
구멍 숭숭 뚫린 아버지의 깃발이 잠길 듯 위태롭게 흘
러가고
빛바랜 햇살 아래 쪼그리고 앉아 있던 까맣게 마른 계
집아이는
종이배를 타고 흘러갔어요

단단하게 잠겨 있던 그늘이
물결을 열어 계집아이의 등을 밀었어요

이제 당신은

태양이 떠나고 도착하지 않은 달 사이

말간 얼굴로 서 있는 여자를 발견하게 될 거예요

* 정희성「저문 강에 삽을 씻고」에서 가져옴

동그라미 위에 살다

이상도 하지? 동그라미로 산다는 것
이리저리 구르는
동그라미 위에 데커레이션된 존재

흔들리며 사는 이유를 몰랐다
누구나 흔들릴 수밖에 없다는 것
흔들릴수록 악착같이 매달릴 수밖에 없다는 것

동그라미에 뿌리박은 나무이고 싶었다 아니면
나무에 기댈 수 있는 덩굴 식물이라도

뿌리가 돋았다 동그라미가 아니라 허공을 향해
허공에 내린 뿌리는 새들의 눈동자를 겨눴다
추락한 새의 눈동자가 동그랗게 데코레이션되었다

베게 밑에 자명종을 감추고 잠든 새벽
새들은 양 날개로 엇갈린 비명을 질렀다
이상도 하지 안전한 것들의 비명은

갈증으로 말라버린 뿌리가 허공을 어슬렁거리고
덩굴식물은 끝없이 제 몸만 결박하는데
아직도 동그라미로 산다는 것 이상도 하지?

눈병

1969년 아폴로 11호 우주선이 지구로 돌아오며 착륙
한 곳이 인간의 눈이었다 위험을 경고하는 일종의 예
언이나 신탁의 임무를 띠고 온 것이리라 그동안 여러
숙주를 매개로 생명을 연장해 오던 그가 붉은 태양을
거느리고 내 눈동자에 침입했다 태양이 송곳으로 사
정없이 눈동자를 찔러댔다 못 볼 꼴을 보고도 외면했
을 때의 비겁함을 탓하는 것이리라 녹슨 눈동자가 삐
걱거림을 멈추고 뜨거운 눈물을 쏟는다

지독한 완고함 안에도 일종의 연민이 있을 법도 한데
운명의 완고함은 그냥 지나쳐 주지 않는다 외면하고
있다가 결정적인 순간 장난처럼 발 걸어 넘어뜨리고
슬며시 웃음 베어 물고 시침 떼는 아폴로 신들의 장난
이 운명이라니

얼음주머니를 눈에 대니 쓰윽 비수가 훑고 지나간다
불에 덴 것보다 얼음에 덴 것이 더 뜨겁다
극단의 뜨거움과 차가움은 같은 칼날을 품고 있다는
아폴로를 따라온 태양이 내민 송곳의 경고였다

저녁의 기억

담벼락에 위태롭게 붙어 너덜거리던 전단지 한 장 바
닥으로 툭
치매환자… 할머니를 찾… 사례…
구부러진 등뼈 더 낮춰 전단지 주운 노파는
유모차의 터진 상처 위에 꼭꼭 눌러 담는다

펴지지 않는 허리 시늉으로 펴고 건물 한 귀퉁이에 앉아
치아의 기억으로 마른 빵을 씹는다

후드둑 뼈마디가 전송하는 성냥 불빛
깊고 어두운 골목 같은 눈동자 찔러도 그저 무심히
담배 한 대 물고 갇힌 연기 허공에 풀어주고 있다
연기처럼 날아가고 싶은 생각이 없는 것은 아니지만
마침표를 받아 든 지금 굳이 그럴 것까지야

허공을 걷던 노파의 눈길이
건너편 마트 구석을 뒹구는 속없는 상자와 마주치자
어두운 골목 같은 눈동자에 반짝 불빛이 켜지고
서둘러 일어서는 허리가 신음을 삼킨다

더·럽·히·지·말·아·요 에 갇히다

구름 사이 줄기로 내려온 달빛이 눕지 못해 서성이는
사내의 눈길을 휘감았다 콩나무를 타고 하늘에 올라
간 재크처럼 달빛 줄기를 잡고 떠오르자 오소소 소름
돋은 달이 불안하게 내려다보고 있었다 줄기의 힘을
빌려 너의 구역에 침범하고 싶지 않았다고 변명하지
않았다 목구멍 앞에서 불안하게 서성이던 잠이 비릿
한 쇳내를 풍기며 환하고 매끈한 달의 피부에 왈칵 쏟
아졌다 내 그림자를 더럽히지 말아요 달이 예의 바르
게 말했다 누군가를 더럽힌다는 건 꿈조차 꿔 본 적
없다고 생각하는 사내의 얼굴에 더·럽·히·지·말·아·요
가 들러붙었다 지나가는 구름에라도 얼굴을 묻고 싶
었지만 사내를 비껴간 구름은 붉어진 달의 얼굴을 감
쌌다
더·럽·히·지·말·아·요 따위는 아무래도 괜찮다며 먼 길
을 돌아오니 아침이 가로막았다 낙서 같은 아침 눈꺼
풀 안에서 까마귀가 운다

매달려 있는 섬

살아 있다는 것은 러시안룰렛 게임 같은 농담이다
육연발 리볼버 총구를 관자놀이에 대고 방아쇠를 오
른쪽 검지로 당겼을 때
아니 왼쪽이어도 상관없다 여섯 중 다섯의 잔혹한 거
짓은 행운이거나 어리둥절한 불운이거나 선택된 하나
의 사소한 진실은 불운이거나 간절한 행운이거나
검지의 유머에 비해 권총은 진지하다

적막

언제 타올랐는지 모르는 별이 떨어지고 뒤에 찾아온
적막 이처럼 무서운 소음이 있을까 돌아가야 할 길은
지워지고 아무나의 이름으로 자란 잡초는 무덤 위 늙
은 가랑잎 뒤척이는 소리 듣는다

별은 세상에서 가장 깊은 얼굴로
제 이름을 부르며 곧 터질 듯한 울음을 잠근다
오래된 목구멍은 잠기지 않아
잠긴 울음이 입을 모았다

새벽이 떨어지고 있어
안경을 벗고 냄새를 맡아봐
빨갛게 핀 분노에서 느껴지는 아침의 냄새
솟아오르는 태양의 오르가즘이 느껴지지

빨주노초파남보 주노초파남보 노초파남보 초파남보
파남보 남보 보
마지막까지 살아남았다고 승리의 노래를 불러야 할까

누운 별이 무덤 위 늙은 가랑잎 소리 듣는다

매미는 타협하지 않는다

매미 소리 귀를 자글자글 끓이는 한 낮
엎드려 일간지의 책 소개란을 훑어본다

부유한 노예가 되어 가고 있지 않은가
타협의 즐거움

활자가 매미 소리를 먹고 자글자글 끓고 있다
처음엔 눈이 뜨거워지고 다음엔 귀가 뜨거워진다
압력밥솥의 압력이 최고에 도달한 듯
답답한 가슴이 작은 구멍을 찾고 있다
때맞춰 보내오는 허기의 신호

가슴을 팽팽하게 조이는 압력을 낮추고 싶다
뜨거움은 뜨거움으로 응징해야만 한다
가스레인지에 냄비를 올려놓았다
냉장고를 뒤져 시든 청양고추 잘라
끓는 물에 넣고 라면을 집어넣었다

청양고추의 매운 향이 재채기를 불러왔다
한 개의 큰 구멍과 두 개의 작은 구멍이
뜨거운 맛을 봐야만 했다
눈물이 흘러 눈앞이 흐려졌다
일간지 책 소개란이 흐릿하게 보인다

부유한 노예는 즐겁게 타협한다

콧물로 눈물로 흘러나온 뜨거움을 휴지에 닦아
쓰레기통에 던져 버렸다
매미 소리 여전히 자글자글 끓고 있다

수평으로 내리는 눈

아파트 공사장 대형 크레인 꼭대기에
흰 바탕 붉은 글씨의 플래카드가
생존권을 보장하라고 바람을 흔들고 있었다

지하동굴에서 뼈를 맞추며 시작되는 사내의 아침

허공에 매달려 엮어 놓은 수천의 아파트
사내의 몸을 받아줄 허공은 없었다
그가 할 수 있는 일이란
대형 크레인 꼭대기 플래카드에 붉은 글씨로 매달
리는 일

그날 밤 바람은 성난 파도로 사내를 위로하고
눈은 수평으로 내려 땅에 떨어지지 못했으며
공사장 가로등 불빛은 고드름 속에 갇혀 흩어지지
못했다

성난 파도 목쉰 새벽
나뭇가지의 야윈 그림자가 얼어붙은 땅에 맨몸을 누
이고 있었다

날개는 날기 위한 것이 아니다

구겨진 채 누워 있는 일간지 위로 송곳처럼 박히는 시선
'대한민국은 더 이상 날개를 생산하지 않는다'
신문의 헤드라인 기사가 굵은 고드름으로 얼어붙어
있다
일어나는 일간지 밑에 납작하게 깔려있는 사내가
시선의 파편에 찔려 울음 같은 신음을 삼키며 돌아눕
는다

사내의 아침은 아직 꿈에 잠겨있다
혼신의 힘을 다해 사다리를 타고 올라가는 사내
보이지 않는 손이 사내의 바짓가랑이를 끌어당기고
사내는 검은 우물 속으로 끝없이 추락하며 생각한다
날개만 펼치면 살 수 있을 거라고

날개 같은 건 이미 새에게서조차 퇴화하고 있다는 것을
모르고 있는 사내는 열심히 날개를 펴고 있다
펼친 날개로도 다 덮지 못한 꿈속을
쉼표 없는 발자국들이 밟고 지나간다
누구에게나 한 번쯤은 돋았을
그들이 지나간 자리에 떨어진 날개들

날지 못하는 새가 날개를 펴고 있다

전설

아메리카 인디언들은 말을 몰고 달리다가 멈춰 서서
미처 따라오지 못한 자신의 영혼을 기다린다 하지요

여자는 제 생을 바늘귀에 꿰어 수의를 짓고 있습니다
뇌 속에 자라는 동행이 머리카락을 자르게 했습니다
두건을 쓴 여자가 수의 짓던 손을 잠시 쉬고 전화기
버튼을 누릅니다

—여기는 안식의 집입니다 당신의 영혼이 먼저 도착
해서 기다리고 있습니다
규정상 돌려보낼 수 없습니다마는 잠시 기다려 줄 수
는 있습니다

여자가 꿈을 꿉니다

강아지풀이 가녀린 목을 흔들며 빈 바다를 지키고 있습니다

여자가 노래를 부릅니다

보름달이 바다에 뛰어들어 몸을 풀고 있습니다

바다가 여자의 몸을 삼켰습니다

노란 여자가 바다 가득 찼습니다

만월이 강아지풀의 가슴에 길 한줄기 내려놓고 있습니다

여자들이 그 길을 걷고 있습니다

직설적 경고

전철 역사 선로에 비가 내리고

역 직원의 허가 없이 선로에 내려가면 철도안전법에
따라 처벌을 받게 됩니다

누가 비를 선로에 뛰어들라고 허가할 수 있는가

고객 부주의로 일어난 사고에 대해서 코레일에서 책
임지지 않습니다

전동차 바퀴에 깔린 비를 누가 책임질 수 있는가

열차가 들어올 때는 위험하니 안전선에서 한 걸음 물
러서 주십시오

위험과 안전은 한 걸음 사이라는 말인가

수많은 내가 수많은 네가 다른 나에게 다른 너에게 강
요하거나 강요당하는

안전선에서 한 걸음만 물러서라는 경고를 기억하지
못하면 대가를 치러야 한다

믿어주실래요?

바람이 어깨에 이빨을 박아 넣어요
놀란 눈동자가 떨어져요
눈동자가 풀어놓은 노란 물감이 싫어요
발등에 똑똑 떨어지는 노란 물감 조금만요
하지만 어느새 발등을 흠뻑 적셔 버렸군요

달리는 자동차 문틈에 입술이 끼었어요
내 말을 빼앗지 말아요
끼인 채로 달린다면 가고 싶은 곳에 도착하게 될까요
그렇다면 참아야 할까요
참을 수 있게 태어난다는 건 지독한 행운이라 생각하
는데
참을 수 없어서 얼마나 다행인지

느끼한 시선에 발바닥이 오글거려 참을 수 없다면 밟
아 뭉개야 할까요
짓무른 것들이 가진 날카로움에 찔린다면 비명을 질
러야 할까요
내 비명이 입술을 통과하기도 전에 발바닥이 먼저 진
저리를 치겠죠

내가 노란 물감을 싫어하는 까닭은
달리는 자동차 문틈이 입술을 욕심내기 때문이라면
비명이 입술을 통과하지 못하기 때문이라면

버려진 것의 무거움에 대하여

김 서린 목욕탕 거울 너머 뿌연 그 너머
옹기종기 물방울로 맺혔다가 떨어지는 은밀한 농담

칭얼대는 아이를 안고 찬 바닥에 앉아 무얼 하지요
아이에게 젖꼭지를 물려요

긴 빗자루 따위로 꽃잎을 터는 건가요
꽃잎의 생사는 바람에 맡겨요

비 오는 거리에 꿈틀대는 토막 난 지렁이
설마 당신이 밟은 건 아니겠죠

뿌연 거울 옹기종기 매달린 물방울이 길게 미끄럼 타고
하수구에 걸린 엉킨 머리카락이 마지막 농담 같다

언니의 노래

언니가 햇빛을 두려워한다
여름 한낮에도 쭈뼛거리며 솟는 겁 없는 소름들
떠지지 않는 눈 감싸 안고 반지하 셋방에 웅크리고 있다

허공에서 몸 풀며 놀던 햇빛이 옆구리 한 조각 떼어
들이밀면
콩벌레처럼 방구석 어두운 곳으로 굴러가는 언니
햇빛이 몸 거두면 비로소 환히 떠지는 언니의 눈

언니는 잘 차려진 내용 없는 특식이다
노련한 미식가가 골을 빼먹어도 통점을 거세당해
고통의 쾌락조차 느낄 수 없는 골 빈 원숭이같이
검게 칠한 눈가에 습관처럼 고인 눈물을 반주로
포도주 같은 노래를 부른다

붉은 언니의 노래가 떨어지며 파는 묘혈墓穴
그곳은 언니가 눈 뜰 수 있는 유일한 암실
인화지에 갇힌 언니가 밤을 노래하는 동안
웅크리고 있던 어둠이 몸을 일으키고
언니는 지느러미 잘린 어족처럼 비릿한 새벽을 비틀
고 있다

바보들이나 유통기한을 믿는다

평온했던 아버지의 깃발에 비바람이 몰아쳤다
허공이 되지 않으려 굴뚝을 붙들고 몸부림치는 연기
처럼
이리저리 흔들리며 저항하다
갈가리 찢긴 아버지의 깃발은 그렇게 날아갔다

시장에 갔더니 좌판에 놓인 생선이 비를 맞고 있더구나
빗물이 고인 눈과 마주쳤는데 냄새나는 심장을 들
추며 말하더구나
믿는 것에 발등이 찍힌다는 경고를 기억하고 있으라고
치명적인 어퍼컷은 싸울 마음을 접었을 때 들어온다고

아버지의 눈물이 내 가슴에 기대어 전한 말이다

폐기처분

인천시 부평구 부평2동 산27번지 승화원은
잠시 생의 잔치 자리에 초대받았던 이들
폐기처분하는 곳

꽃상여의 호사는 어느 과거로 흘러가고
선소리꾼의 매김도
상여꾼의 후렴도 없이
한 생을 뜨겁게 폐기처분당하는 자네들
노잣돈 없이 북망을 어이 찾으려는지

유리 너머로 바라보는 이생의 연이 닿았던 눈길
힐끗 일별하고 하얗게 웃으며
걱정마라 네비게이션 앞세우고
북망 찾아가겠다는 자네들

뜨겁게 폐기처분당하기 위해서는
문을 닫아야 하고
문을 닫으려면 누워야 한다네
무엇보다 천장이 낮은 곳에서는 일어서는 법이 아니
라네

천장 높은 곳에 선 자들이 누운 자네들과 작별한다네

몇 줌 가루로 남아 가벼워진 자네들
네비게이션은 제대로 챙겨 넣었는가

3부

지글지글 쿨하게

그날 밤 우린 저수지를 곁에 두고 취해 있었지
휘파람 불며 슬쩍슬쩍 제 속옷 들추던 저수지 품에
가로등 불빛이 반짝 안기는 순간
방전되었던 기억이 꿈틀거렸을까
지글지글 끓고 싶다는 생각이 들었어

오~호! 렛츠 고우 지글지글
육식의 울타리 안에서
창백한 찔레꽃 붉은 웃음 흘리며 우릴 불렀어
목젖 환하게 드러나도록 웃으며
다가오는 메뉴판 도착하기도 전에
우린 지글지글 합창했어
살과 뼈가 해체된 지글지글이 미처 제소리를 내기도
전에
뒤집으려는 날 누군가 제지하더군
그때 내 얼굴이 더욱 붉어졌던 건 불빛 때문만은 아니
었어

가느다란 모가지 간들대며 웃던 찔레꽃
울컥, 명치끝에 걸려 있던 뭔가를 토해내는데
겨드랑이쯤에서 우수수 붉은 꽃잎이 떨어지지 뭐야
감추고 싶었던 것을 우연히 들키게 되었을 때의 민망함
얼떨결에 끓고 있던 지글지글 입에 넣고 우물거렸어
불덩이에 데인 혀가 비명 지를 겨를도 없이
누군가 술잔에 빠져 의식 불명이 되었어
누군가는 제 말에 결박되어 아프게 울기도 했지
또 누군가는 미처 끓지 못한 붉은 핏물 보며
창백한 찔레꽃 작은 가시에 찔려 사라지기도 했어

오~호!호! 렛츠 고우
지글지글 끝나고도 살아남은 자들
한 덩어리 굳은 욕망 안고 돌아가는데
눈썹에 붙어 육식의 울타리 비추던 달
어디로 숨어버린 걸까

구지가口旨歌

입 하나 주면 안 잡아먹지

지금 당장 내밀어야 해요
하나밖에 없는 걸 줄 인간이 어디 그리 흔한가요
하지만 필요하다면 가지고 가세요
사실 난 사람이 아니거든요

기억하죠
넌 여자도 아냐, 뒤집힌 양말이 식탁 밑을 뒹굴 때마다
엄마가 하던 말
넌 인간도 아냐, 헤어지자는 내게 게거품 물던 옛 애
인이 하던 말
넌 미친개야, 술에 취해 닥치는 대로 물어뜯을 때 친
구들이 하던 말
입으로 할 수 있는 것이 이것뿐이라면 참 지루하겠죠

노래를 불러 줄까요

거북아 거북아 헌 입 줄게 새 입 다오

새 입을 받게 되면 자축의 의미로 한번 부딪는 건 어떨

까요

노래는 계속되어요 거북아 거북아 혀를 내놓아라

나는 달렸어요. 달린 게 아니라 달렸어요. 대롱대롱

날 달리게 한 그 많던 입들 어디로 가버렸을까요

그리워요 입 입 입

존재의 뿔

내가 다시 세상에 돌아왔을 때 나를 내려다보고 있는
낯선 —기억은 없지만 아버지라는—
조금은 놀란 듯 걱정스러운 듯 사랑스럽다는 듯한 얼
굴 뒤로 어색하게 서 있는 낭패를 보는 순간 돌아온
것에 대한 후회로 단풍잎처럼 붉어진 얼굴 감추려 손
가락만 빨고 있는데 나의 후회를 아는지 모르는지 의
사는 피 묻은 장갑 낀 손으로 엉덩이 펑펑 때리며 신
고식을 하라고 재촉했다

신고식을 하려고 한 건 아니었는데 비명을 지르자 우
렁찬 울음을 잘 뽑아내는 놈이라면 틀림없이 큰일 할
것이라고 좋아했다 그 후로 내 엉덩이에는 수시로 뿔
이 돋았는데 그때마다 못된 송아지로 매도당해 싹둑
잘리는 수난을 감당해야 했다

어떻게 하면 근사한 송아지가 될 수 있을까 하느님께
조언을 구하러 외양간 지붕 위에 올라갔다가 거꾸로
떨어진 이후 엉덩이에 뿔이 돋지 않았다

길을 가다 쇼윈도에 비치는 밋밋한 엉덩이를 확인할
때, 오만하게 서 있는 마네킹 양과 눈길이 마주칠 때,
공기를 잔뜩 먹은 풍선 주둥이를 막고 있던 손을 놓았
을 때처럼 곤두박질치며 맥없이 쪼그라들곤 했다

못된 송아지조차 되지 못한 나는 섬과 섬 사이에 끼어
경계를 살고 있다

내일 저녁 본 영화

영화는 재미있을 거예요

평소에 당신이 섹시하다는 여배우가 나오는 영화였죠
당신이 그 여배우를 입에 담을 때 입가에 고이는 침을
보며
어쩌면 당신은 촉촉한 남자일 수도 있다고 생각했어요

영화 속 남녀 주인공이 서로의 혀를 몇 개째인가
뜯어 먹는 장면을 보며
사랑은 상대를 빼앗아 자기를 만드는 것이라는
당신 말이 맞을 수도 있겠다는 따분한 생각을 하는데

동굴 같은 침실에 작은 창 하나 내어달라는 여자
매일 침대 다리만 고치고 있는 남자
그가 두드리는 망치에 놀란 먼지가
허겁지겁 침대 위를 뛰어다닐 때
여자가 매트리스로 남아 버리지 않을까 조바심이 났어요

나는 당신의 손가락 사이에 끼인 팝콘을 빼 먹으며
뻑뻑한 팝콘이 권하는 콜라를 마시며
잠시 여배우를 어금니 안에 가두어두었어요
콜라의 이름은 k 양이었는데 여배우의 이름이 생각
나지 않아요
난 너무 목이 말랐거든요

영화가 결말을 향해 헐떡일 때쯤
남자배우의 얼굴에 걸린 소화불량이
이제까지 뜯어먹은 혀를 왈칵 내뱉는 것
여배우가 얼굴에 붙어 있던 질긴 미소를
씹지도 않고 꿀꺽 삼키는 것
콜라와 섞인 팝콘이 울컥 내 속을 뒤집는 것과 같이
항상 마지막은 비릿해서 코를 움켜잡아야 하는지

그런데 말이지요 당신
사랑이 상대를 빼앗아 자기를 만드는 것 맞기는 한가요

날아랏 犬

주점을 기웃거리다 두 발로 들어선다

한 사발의 막걸리에 흔들
두 사발의 막걸리에 흔들흔들
빗장 걸린 서랍들이 비스듬히 열리기 시작한다

오늘은 서랍을 몽땅 털어내고 말리는 날이야
정수리를 쪼아대던 서랍 속 구겨진 오리들이 날개 펴
는 소리

떨어진 서랍이 찧은 발등이 비명을 삼키고
주점 시멘트 바닥에 풀려난 날지 못하는 것들의 뻔뻔
한 고음
구멍 난 모자로 오리를 잡겠다고 모자 쥔 손을 휘휘
내저으며
그깟 것 무서워 그만둘 수 없어 끝까지 가보는 거지
목쉰 오리 날개 접어 서랍 문 닫을 때
'오늘은 서랍을 몽땅…' 뒤따르던 입술이 끼었다

피를 보고서야 잠잠하던 지구가 돌기 시작한다

두 발로 버티다 돼지 껍데기 집던 손 내려 바닥을 짚
는다

네 다리가 자연스럽다

한랭전선

당신은 내 식탁에 앉아 질긴 구름 조각 뜯으며
구름은 씹는 맛이 있어야 한다지만
질겨도 너무 질기다고
질겅질겅 짜증을 씹으며
한 조각의 구름도 남기지 않고 말끔히 먹어 치우네요

굵은 빗방울 뚝뚝 떼어
파란 우산 송송 썰어 넣고
당신 앞으로 밀어 놓았죠
빗방울이 너무 굵어
감칠맛이 나지 않는다고 징징거리며
국물 한 방울 남기지 않고 말끔하게 먹어 치우네요

바삭하게 구운 검정 우산은 어떻구요
이렇게 바삭하게 구우면 시끄러워 어쩌느냐며
아작아작 씹어 삼키고
한점 떨어진 가루마저 날름 핥아먹는 당신

당신이 먹는 동안 입맛만 다신 나는

때맞춰 볶아놓은 우박을 당신 입에 퍽퍽 퍼넣으며 생

각하죠

구름의 추락을 막을 수 있었다면

식탁을 비껴간 햇빛을 요리할 수 있었을 텐데

후식으로 이슬비 한 컵 갈아 살살 녹는 온난전선을 내

올 생각인데

어쩌지요 멀리서 천둥소리 들리는 것 같지 않나요

엄마를 사러 갔어요

원 플러스 원 행사를 하고 있어요 진열대에 놓인 엄마
들 사랑스러운 눈길이 나를 산수유처럼 노랗게 물들
여요 덤으로 끼워진 엄마의 한쪽 눈에 테이프가 감겨
있어요 애꾸눈 엄마의 눈이 내 배꼽 근처에 머물 땐
옴찔옴찔 오줌을 지릴 것 같다니까요 코에 테이프가
감긴 엄마의 얼굴이 붉어졌어요 진열대 한쪽 구석에
서 낑낑 앓는 소리를 내는 엄마 애꾸눈 엄마의 엉덩이
에 눌려 두꺼비 눈알같이 툭, 실례인 줄 알지만 터지
는 웃음을 참을 수 없어요
엉덩이를 치워주니 백치같이 웃는 엄마 주머니에 넣
었어요

헐리우드극장에서 데드피쉬식당으로 방콕모텔로
심장이 조금씩 잘려 나갈 때도 엄마는 여전히 웃고만
있어요
지우개만큼 작아진 엄마의 심장에 빨간 경고 문자가
떴어요

더 작아지면 치명적 결과 초래 심장에 붙어 있는 애벌
레 제거 요망

남은 심장을 다 갉아 먹어버리기 전에 나를 버려야만
해요
오! 엄마 웃지 말아요
이런 내 모습이 사랑스럽다니요 나는 다시 엄마를 사
러 갈 거예요

앵무새가 웃을 일이야

25시 편의점에서 컵라면의 뜨거움을 불어내며
도시락은 왜 싸 들고 다니는 거야
손길 닿는 곳곳에 인스턴트가 널려 있는데 그건
앵무새가 웃을 일이야
그리고 그는 놀이공원의 끈 떨어진 풍선처럼 날아
갔다

나는 앵무새가 웃을 일을 하고도
끈 떨어진 풍선처럼 날아간
그를 추억하느라 웃을 수조차 없었다

그 후로도 나는 얼마를 더 앵무새가 웃을 일을 하고
또 끈 떨어진 풍선처럼 날아가는
그를 보내면서
추억에 잠겨 있었는지

바비 인형처럼 웃을 수 있게 되어서야
추억의 상처에서 나는 향기가
얼마나 그들을 참을 수 없게 했는지
인스턴트를 무시하고 싼 도시락이
버려질 수밖에 없었는지 알게 되었다

햄버거를 씹으며 핸드폰 패턴을 열고 닫으며
모은 하루를 휴지통에 집어넣고 깜빡이는 커서를 누
르면
오늘 하루를 삭제하시겠습니까
추억이라 할 기억들을 모두 삭제하고 나서야
비로소 편해질 수 있는 잠

밤마다 꿈을 꾸면
끈 떨어진 풍선처럼 내가 날아가고 있었다

기이한 아침

검은 양복 입은 너구리들이 촐싹거리며 뛰어가는 뒤를 알록달록 긴 울음이 따라가는 노을이 노란 불을 환하게 밝힌 아침

하수구에 모여 부글부글 끓고 있는 한 무리의 구더기에게 무슨 일이 일어났는지 혹은 일어나고 있는지 물어보자 구더기의 입안에 갇혀 있던 거품이 뛰어나오며 소리쳤다 여왕 너구리께서 오늘 새벽 심장발작으로 서거했다고

숲에서 아침을 열어야 할 새들이 아파트 지붕 위에 모여 앉아 너구리들이 울음을 끌고 가느라 잠시 벗어 놓은 웃음을 냉큼 가져다 얼굴에 쓰고 슬프게 웃고 있었다 잠에서 깨어난 아이들은 아파트 침실에서 자는 빈 잠옷을 발견하고 기쁘게 울기 시작했다 어찌나 기쁘게 울고 있는지 나도 따라 울고 싶었지만 지붕 위에서 슬프게 웃고 있는 새들 생각에 울 수 없었다

거실에서 티브이가 커다란 입을 벌리고 행진곡을 부르
는 사이 아나운서의 기쁨에 겨운 멘트가 브라운관에 미
끄러졌다 너구리 여왕께서 드디어 요단강을 무사히 건
너셨습니다
아이들과 나는 서로 곁눈질하다가 결국 박수로 화답
했다
(왠지는 모르겠지만 가만히 있어서는 안 될 것 같아서)

새들이 쓰고 있던 웃음을 던지고 말없이 숲으로 날아
갔다
지금 날아가서 어쩌자는 건지 아침을 열기엔 늦은 시
간인데

시지프의 돌

어머니 오늘 밤은 달이 너무 동그래요
달을 굴려 주세요
내 머리 위로 떨어지지 않게

어머니 난 달을 훔치지 않았어요
잠시 바라보았을 뿐인데
내게 주어진 가혹한 형벌

어머니 나는 눈동자를 굴려야만 해요
꿈 밖으로 떨어질까
꿈속에서도 굴려야만 해요
눈동자는 떨어져 산산조각 났으면 하고
원할지도 모르는데 멈출 수가 없어요

굴러떨어진 것을 향해 다시 돌아
서둘러 굴리는 수천수만의 시도
캄캄한 길모퉁이 구르다가 찍힌 발등

비명이 손목을 비틀어 더는 굴릴 수 없을 때조차
멈출 수가 없었는지 멈춰지지 않았는지

어머니 그땐 몰랐어요
신들의 장난이란 걸
끝자락에 와서야 눈치채게 되다니요
깊게 드러누운 눈동자를 일으켜 굴리는 일
생의 종착역 부근에서 신들에게 보내는 마지막 조크라
생각해 주세요

어머니 오늘 밤은 달이 너무 동그래요
달을 굴려 주세요
내 머리 위로 떨어지지 않게

울컥하는 이유

도시는 물에 잠기고 한껏 물오른 너의 입술이 비릿한 얘기를 진지하게 시작하고 그 진지한 만큼 비는 더 비통해지고 나는 베이글이 먹고 싶은데 너는 시폰케익을 시키고 나는 아메리카노가 마시고 싶은데 너는 카페라떼를 시키고

나는 소화불량에 걸려 배를 움켜쥐고 촉촉하고 달콤한 너는 여전히 지저귀고 빗줄기에 떠내려온 햇빛 조각 손가락으로 건져 올려 누가 이런 비열한 짓을 했을까 여전히 자근자근 지저귀고

날 내버려 둬! 집게손가락에 매달린 햇빛 조각이 비명을 질렀어 소름 돋은 몸이 갈라져 산산조각 나도 여전히 지저귀는 비릿한 얘기 귀는 너덜거리고 고막은 익사 직전 미친개에게 뒤꿈치 물려 본 적 있다구? 그것 참 미워할 수 없겠는걸

투명인간의 고자질

엘리베이터를 탔는데요 중학교 교복 입은 아이들 한 쌍이 입술 마주 대고 뽀뽀하고 한 쌍은 이어폰 나눠 끼고 격렬하게 벽을 치며 킬킬대고 돈을 안 준단 말이지 참 치사한 꼰대네 하고 떠들어 대는데 큼큼 두어 번 헛기침을 해도 돌아보지 않았어요

내가 안 보이나!

그렇다면 녀석들을 엎어 치고 메치고 주먹 불끈 쥐고 마지막으로 어퍼컷 한 방까지 먹이고 짜식들 까불고 있어까지 생각하며 큭큭 웃는데 8개의 눈동자가 동시에 나를 쏘아봐요

내가 보여?

침 찌익 뱉으며 내리는 녀석들 삼선 슬리퍼 낡은 뒤꿈치가 잔뜩 졸아들어 바닥에 떨어진 내 쓸개를 아는 체하며 질끈 밟고 나갔어요

바닥에 뒹구는 쓸개를 줍지 못한 나는 아직 엘리베이터에 갇혀 있어요

점시睨視

얼룩무늬 군복에 베레모 쓴 남자 앞에서 여자가 울고
있다
얼룩무늬는 울고 있는 여자를 난감한 표정으로 바라
보다
여자가 들고 있는 아이스크림 통을 빼앗아 떠먹는다

눈시울이 붉은 여자
하늘 한 번 베레모 한 번

전철이 도착했다

얼룩무늬는 아이스크림 통만 긁고 또 긁는다
여자는 여전히 하늘 한 번 베레모 한 번
눈시울이 붉다

전철이 떠났다

두 번째 전철이 왔다

얼룩무늬가 여자의 한 손을 잡고 전동차 안으로 이끈다
마지못한 듯 딸려 들어가는 여자
여자를 좌석에 앉힌 얼룩무늬는 재빨리 핸드폰을 꺼
내 들여다본다

선정에 든 듯 고요한 얼룩무늬를
힐긋 바라보던 눈시울이 붉은 여자
전동차 천장 한 번 베레모 한 번 눈시울이 더 붉어진다

전동차 천장에 시선을 고정하고 있던 여자
휴대폰을 꺼내 패턴을 그어놓고
선정에 든 베레모를 한참 바라보다
다시 패턴을 그린다
잠시 후 핸드폰 안으로 고요히 스며드는 여자

경배하는 자들

때 : 태양이 서쪽 하늘로 잔뜩 기울어져 있다
곳 : 사당동 번화가 바닥이 반짝이는 카페
나오는 인물 : 열한 사도 + ?

탁자 밑에 천장이 있다 천장 위에 전등, 전등 위에 탁자 탁자가 천장을 밝히려는데 전등이 반짝인다 하나, 둘, 셋, 넷, 다섯, 여섯, 일곱, 여덟, 아홉, 열, 열하나… 열두 번째 전등이 꺼져 있다 천장이 올라가고 전등이 뒤따른다

홀로 남은 바닥 위에 검은 하이힐 1 , 검은 부츠 1 검은 하이힐 2 검은 부츠 2. 3. 검은 하이힐 3 발이 높으시다 노란 운동화 검은 신사화 흰 운동화, 검은 신사화 1. 2. 밑바닥이 음험하다

낭송되는 열 한 사도의 카니발 침묵이 낭랑하다 난간
위에 올라서면 위험해요 석양이 얼굴에 올라섰다 지
구 돌아가는 소리 고막을 때린다

배반의 손가락으로 지목당한 시 반역이라고 죄를 물
을 수 있을는지 서걱거리며 들이미는 녹슨 어둠이 반
가운 자들 막걸리를 은전 삼십만큼만 마실 참이다

단단한 위로

밤새 타오르던 바람이 지형을 바꾸고 이동한 자리를
기억하지 못하는 모래의 아침
쳇바퀴 도는 다람쥐처럼 당신의 눈을 따라 돌다 어긋
난 것이 언제부터였을까

억지로 삼킨 침묵이 시끄럽다며
떠난 태양을 그리워했던 소화불량의 밤이었을까

밟은 그림자를 제발 좀 놔 달라며
당신의 정강이를 걷어찬 상처의 밤이었을까

젖은 당신의 노래에 민망해진 손이
바싹 말라버린 건조한 밤이었을까

나를 위한 당신의 기도가
입안 가득 흙탕물을 문 기분이 들게 한다는 고백의 밤
이었을까

눈을 감고 눈을 뜨면 여전히 밤인 아침

우리가 함께 보는 것은 비 내리는 흑백 무성영화
아무래도 나는 내일을 믿을 수 없겠다

아, 당신은 이미 오늘도 믿지 않았다고?
당신 많이 외로웠겠다

3막 4장

시이저, 부루투스 너마저도 대신
부루투스 너 역시도라고 했어야 해요
그랬어야만
당신은 배반의 절망을 이길 수 있었을 테고
난 십자가를 지지 않아도 되었을 텐데

최초의 오류는 시나리오에 있었지만
그걸 연기한 당신이 바로잡아야만 했어요

당신이 가고 남겨진 후
태양이 휘두르는 뜨거운 채찍에 몸을 맡기고
먹구름이 토해낸 비가 귓바퀴를 아프게 후려치던
그믐밤을 지나 절뚝거리며 도착한 곳엔
무릎 꿇은 그림자 기다리고 있네요

얼마나 오래 걸었을까요

지금은 북극에서 불어오는 바람에 머리카락 풀어야

할 때

짧지만 긴 여정의 끝에 물음표 하나 남았어요

내가 연기한 나는 누구였을까요?

4부

자폐의 의자

내 의자에 앉아 본 기억이 없다

내 것 아닌 의자를 향해 타박타박 걸어가는 그림자 말
리지 못해
되돌아오는 어깨에 걸린 비릿한 기억들

귓바퀴만 붉게 물들이는 위로를 안고 돌아서면
어둠에 촘촘히 박혀 있던 모멸이 입안에 가시를 만들
었다

낡은 창틀의 비틀어진 웃음이 의자가 아닐까
비 오는 골목 모퉁이를 돌며 게워 놓은 울음이 의자였
을까

햇살을 덮고 누운 꽃잎을 밟아 엉덩이에 짓이겨진 비
명을 보고서야
내 의자가 아직 태어나지 않았다는 생각이 들었다

문득

햇살에 말라가는 빨래 뒤에 숨어
피기 전에 시든 꽃잎 훔쳐보다
문득 그늘의 눈과 마주쳤을 때

바람이 쓸고 간 자리
벌레 먹은 나뭇잎 한 장 밟고 있다
문득 누군가의 비명과 마주했을 때

얼마나 걸었는지 가늠되지 않는 시간
시린 무릎 부푼 발바닥 외면하고 있다
문득 지워진 발자국에 찍힌 눈물과 마주했을 때

귀도 눈도 마음도 벗어 놓고
잿빛 저녁 안개 속으로 사라지고 싶다

로드킬

아스팔트 위에 한쪽 눈 부릅뜨고 누워 있던 것이
개였을까 고양이였을까
바퀴의 곤궁함에 기꺼이 재물 된 육신이
햇살을 수의로 입고 있다

트럭이 지나고 버스가 지나며
조문하는 바퀴가 재빠르게 물었다 놓는 사이
조의금으로 내놓은 바람 껴안고
육신을 꼼꼼히 펼쳐 말리며
부릅뜬 눈을 달래고 있는 그것

종일 조문객 맞은 불쾌한 태양이 돌아갈 채비하면
훌훌 벗은 수의를 반납하는
개였어도 고양이였어도 혹은 다른 무엇이었어도
좋았을 그것이 붉은 신호등을 건넌다

겨울밤

전신주가 마음 놓고 우는 겨울밤

잠 못 이루는 사람은 전신주의 울음을 들을 것이고
그 울음에 가슴이 서늘해 자기의 울음에 이불을 덮을
것이다

전신주 옆에 같이 밤을 지새우는 젊은 나무를 기억하자
바람과 만난 나무가 격정의 밤을 지새울 때 안간힘으
로 버티는 건 뿌리다
뿌리는 울음을 삼키려고 애쓰는 중이다

내게는 삼키려고 어깨를 들썩이다 들켜버린 깊은 울
음이 있다

누군가에게 울음을 들킨다는 것은
얼마나 아득한 일인가

겨울밤을 뒤척이며 잠 못 드는 사람의
들키지 않으려는 울음이 전신주가 되었다는 전설을
믿어야 한다

사막을 건너며

바람이 일어나 노래를 부릅니다
모래가 바람의 뒤를 따릅니다
바람이 언덕을 세우고 길을 만듭니다
언덕을 부수고 길을 지웁니다
여자의 마음에 솟은 옹이도 지웁니다

어느덧 백만 년이 흘렀습니다.

모래가 품은 씨앗 하나
힘겹게 얼굴을 내밀었습니다.
네 옆에 있어 줄게
어린왕자가 사랑으로 키운 한 생명입니다.

어느덧 백만 년이 흘렀습니다

먹구름이 슬며시 내려와 땅의 머리를 짚어 줍니다
위로 따위는 필요하지 않다고 생각하는
메마른 가슴에 소리 없이 눈물이 고입니다

어느덧 백만 년이 흘렀습니다

여자는 바람이 되었습니다.
한 줄기 바람으로 떠돌며 생각합니다
해지면 멈추고 지켜볼게요

그러는 동안 또 백만 년이 흐르고 있습니다

알프스

어두운 하늘에 구름이 서둘러 자리를 바꾼다 바람이
불고 나무가 흔들리고 물이 흐르고 물고기들은 물을
믿지 못해 눈을 뜬 채 자고 있는데 어둠은 하늘과 산
맥의 경계가 되어 하늘을 이고 산맥의 등뼈에 내려앉
았다

몇만 년 고이 잠들어 있는 균열을 깨우지 않으려 산맥
과 하늘의 경계 사이에 말없이 앉아 있던 어둠이 더는
견딜 수 없다는 듯 일어서자 하늘이 열리고 있다 놀란
별들이 황망히 자취를 감추고 어둠이 갈라진 곳에 떨
어진 흰 날개 수북하다

잘 가! 신기루

몇 년을 그렇게 서로 바라보고 살았을까

제 앞에 선 나무를 바라보는 전봇대는
언제부턴가 나무처럼
잎을 달고 꽃을 피우고 열매를 맺고 있다고
전선을 흔들며 생각했다

남자는
여자 안에
산맥을 그리고
숲을 그리고
나무를 그리고 싶어했다
그 앞에서
풍경화가 되어 주지 못한 여자는
정물처럼 앉아 바라보고만 있다

왜 안 되는데
묻고 있는 남자의 눈동자가
가라앉고 있는 순간
정물처럼 앉아 있던 여자
슬며시 일어나
달리는 기차의 차창 밖 풍경처럼 사라진다

전봇대 앞에 서 있는 나무는 전봇대 위
새집을 바라보고 있다
언제부턴가 나무는
새처럼 고운 노래를 부르며 날고 있다고
제 가지를 흔들며 생각했다

산자고

"봄이 너의 하얀 이마 위에 와 있구나"

초록에 흔들리는 바람
가느다란 모가지 슬쩍 건드리고
달아나다 잠시 멈춰 뒤돌아본다
하늘에서 내려온 작고 가녀린 별
모가지 휘청거릴지라도
무릎은 꺾지 않겠다고
태양 아래 고요히 제 속을 연다

"너에게서 바람 냄새가 나"

하얗게 숙인 이마에 핏줄 번지고
달그림자 아래 꼭 다문 입술 꿈결이듯
피었다 스러지는 전설 속 그 많은 봄

*산자고山慈姑 : 봄 처녀라는 꽃말을 가진 우리나라 토종 꽃

나무의 시간

비가 내려 꽃길을 만들었다
꽃잎의 처지는 생각지 않고
내딛는 발걸음에 꽃이 핀다
하늘은 어둡고 땅은 찬란한데
꽃잎을 놓친 나무는 고요하고 서늘하다

속 깊은 옹이는 나무의 마음을
차곡차곡 제 안에 담으며
얼마나 더 깊어야 나무의 마음을
다 담을 수 있을지 가늠한다

나무의 상심을 아는 바람이 가지를 흔들자
고요를 거둔 나무는 초록을 흔들어 키우고
바람이 꽃잎을 데려가며 하늘이 열리고 있다

걷다

산이 걷고
물이 걷고

새는 날갯짓으로 걷고
물고기는 꼬리로 걷고
꽃은 향기로 걷는다

걷다가 지친 구름은 때로 울기도 하고

나무는 푸르름을 안고 걷고 또 걷고

숲은 열매의 시간을 향해 말없이 걷는다

내가 걷고
네가 걷고
우리는 저마다의 보폭만큼 걷고 있는데
속도를 놓아버린 세월은 뛰고 있다

이성적 종말

삼월 하순에 폭설이 뽁뽁뽁 내려요 아이는 지구 종말
이 오는 것 같다고 하품을 하며 눈을 함빡 뒤집어쓰고
아르바이트를 하러가요 아이의 긴 꼬리가 미처 빠져
나가지 못한 현관으로 퍼렇게 언 바람이 성큼 들어서
요 아무것도 모르고 바람에 휩쓸려온 눈이 사락 한 점
의 물방울로 내려앉아요 그것마저도 잠시 후 형체를
거둬가 버려요 불쌍하다 해야 할까요 지구가 오래 살
지 못한다는 걸 눈치챈 나는 오늘을 어떻게 살까 곤충
도감을 뒤적이며 하루살이에게 우리 내일 만나라고
약속을 해봐요 약속 같은 건 하지 말고 그냥 살아 하
루살이가 날씬한 몸통을 흔들며 표정 없이 말해요 하
루살이처럼 멋지게 말하지 못하는 나는 그냥 산다는
것이 무엇인지 모르지만 그냥 살아야겠어요

이름을 불러주세요

맑은 하늘 초승달을 바라보는
유난히 반짝이는 별이 보입니다
저 별을 무명 스타라 불러봅니다

무명 스타!
저 별을 아는 누군가
이름을 부르는 순간 유명 스타가 되겠지요

이름 부를 이 없다고
이름 불러줄 이 없어서
홀로 세상을 엿보다 먼지처럼 떠돌 때

누군가 내 이름을 불러 주면
내가 누군가의 이름을 불러 주면
먼지는 나비되어 날겠지요

할미꽃 문패

산 자들의 흔적이 산 위로 길게
굽은 길을 만들어 놓은
산길 옆 문패 없는 무덤에
고개 숙인 할미꽃

어린 시절 고향 동네에
남루를 걸치고 때에 전 얼굴
햇살의 미소를 가진 여자가 있었다
학교에서 돌아오는 길에 마주친 웃고 있는
그녀의 손에 들려있던 고개 떨군 할미꽃
예쁜 꽃도 많은데…
진달래 꺾어 내밀었더니
쌩하고 돌아서 가버렸다

찬 바람 불면 사라졌다
봄이 되면 나타나던 집이 없던 그녀
드디어 집 장만했다고 할미꽃 문패 내걸었는가

눈

*

꽃도 아닌 것이 꽃인 양 하얗게 피어
벌거벗은 가지의 뼈를 녹인다
위선의 무게를 이기지 못한 나뭇가지
진저리친다 날리는 꽃잎

**

물에 내려 물이 되고
바위에 내려 바위가 되고
나무에 내려 나무가 되고
지붕에 내려 지붕이 되는
앉는 대로 그 무엇이 되어주는
일방적 배려

풍장의 계절

바람
바쁘다
떠나야 할 자들
흔들어 보내기 위해

가지 끝에 한 점
홀로 남아 흔들리는 것
차마 못 할 일이다

거둬가 줘야만
외롭지 않다

해설

보편성의 승전가

—이진옥의 첫 시집 『(불안)이라 읽어주세요』에 부쳐—

박찬일

요지는 이렇다. 인생이 살 만하고 견딜 만하지 않다
는 것이다. 살 만하고 견딜 만한 호모 사피엔스 사피
엔스(혹은 호모 포노)가 어디 있나? 문제는 심중에
담아두지 않는 것이다. 표현Ausdruck하는 것이다.
물을 수 없고, 혹은 물으나 마나 한 것을, 답은 더구
나 알 길 없는, '살 만하고 견딜 만하지 않은 이유'
를 表現표현하려고 한 점이다. 시인의 일반적 속성
아닌가?

그렇다, 시인의 일반적 보편적 속성이다. 詩人의 일반
적 보편적 속성에 합류한 점에서 이진옥 시인은 '시인
詩人'의 대열에 합류했다. 보편성을 기치로 내건, 곤경

에 빠진 시인, 흔하지 않은 시인의 반열에 합류했다. 보편성에 도달하기가 얼마나 힘든 일인가? 보편성의 내용을 '자기' 특유의 표현으로 일반화시키는 일이 얼마나 어려운 것인가?

칸트는 일찍이 그의 『판단력 비판』의 천재론에서, 기존의 규칙 규범을 무시하고 자기 고유의 규칙 규범을 부지불식간에 드러내는 자를 천재로 정의한 바 있다. 천재는 자기 고유의 방식으로 인류적 보편성을 드러낼 줄 아는 자. 이진옥 시인의 시 몇 편을 간략히 소개해보자. ① ② ③ 번호를 붙였다. ① ② ③ 등 번호에서 제외된(?) 마지막 인용 시('④번 타자')가 특히 빛을 발했다.

피의 흔적이 있어야 할 자리에 너, 세헤라자데

쓸모있는 것들의 세상에서 쓸모없는 것으로 살아간
다는 것이
사막을 벗어나지 못하고 입안 가득 모래를 씹으며
사는 이유라면
언젠가 신기루가 되기 위해 모래를 삼키는 것도 그
리 탓할 일 아니건만
　　　　　　　　　—「가자, 세헤라자데」 부분 ①

각의 존재자들이고, 더욱이 우주 천체들 각각의 존재
자들이다. 천체들이 '크게' 발광發光할 때 우리는 그것
을 초신성이라고 부를 줄 안다. 천체들이 장렬하게 전
사戰死한 줄 안다. 문제는 인간이고 인류다. 모래를 '하
루종일 평생' 입안에 머금고 사는 인류이다.

모든 인류가 다 그런가? 모든 인류가 필멸이더라도,
모든 인류가 의식적으로 모래를 '입안 가득 씹으며 살
지' 않는다. 많은 예술가 및 철학자들이 입안 그득 모
래를 씹고 산다. 모래를 입안 그득 씹으며 사는 예술
가 시인들. '죽음으로의 선구Vorlaufen zum Tode'를 사
는 예술가 지식인들. 몰락(궁극적 문제로서의 몰락)에
서 비켜서려고 하는 것은 물론 아니다. 많은 불안과,
많은 무無에 대한 의식과, '많은' 무Nichts를 살려고 한다.
모래를 묻고 있던 안 묻고 있던, 최종지점[최종해결]
에 도달한다. 모래는 왜 물고 있는가? 그렇다면; 모래
에 대해 왜 묻는가? 그렇다면. 시인 화자는 "쓸모없는
것으로 살아간다는 것"이 시인의 숙명이라고 절묘하
게 비껴간다, 절묘하게 표현했다. 시인은 쓸모없는 일
을 하는 자가 맞다. 벽돌 한 장 찍으면 생겨나는 그 생
산성이, '그 소득'이 없다. 시 한 편을 쓰는 행위와 벽
돌 한 장 부리는 일의 차이는 소비행위와 생산행위의
차이이다. 시작詩作 예술은 절대적 소비행위이다. 시인

의 자부심-자긍심은 생산행위가 아닌, 소비행위에서 비롯된다. 자본주의 논리[생산성 원리의 절대화—이익의 절대화]를 거부하는 것이 여전히 시인 예술가의 자긍심이다. 결론을 내리자: 문제는 모래다. 할 일 없이 모래를 씹고, 또 씹는 자가 시인 예술가이다. 「가자 세헤라자데」는 시인詩人의 시詩이다.

② '세계-내-존재 Das-In-der-Welt-Sein'라는 말은 '세계-밖-존재'=신神의 대립어가 아니다. 세계-내-존재가 인간을 지시한다면 물론 대립어일 수 있다. 인간은 하이데거에 따르면 세계-내-존재이다. 엄밀히 말하면, 인간은 '어느새 세계내존재'이다. '어랍쇼 내가 왜 여기 있지?' 사후事後에야 자신에 대해 질문하는 존재자라는 말이다.

인간은 '세계의 문'을 자발적으로 톡톡 두드리고, 누가 문을 열어주어 들어온 존재자가 아니다. '문을 톡톡 두드린 적이 없는데 문이 열리고 세상에 입장해버렸다.' 자기 의사와 상관없이 세상에 입장한 존재, 혹은 세상에 던져진 존재라는 말이다. 물론 물릴 수는 있다. 소위 자발적 몰락 의지에 의해 자발적 몰락을 감행할 수 있다; 쉬운 일은 아니다. 아니, 이게 어디 쉬운 일일까?

자기 의사와 상관없이 세상에 강제로 입장 당하고, 자기 의사와 상관없이 세계 밖으로 강제로 퇴장당하는 것, 사실 이게 일반적 '삶이라는 코스 요리'이다. 쉬운 코스와 어려운 코스를 나누어 말하기는 곤란하다. 코스 요리는 누구에게나 같은 '개별화 원리'의 틀을 갖는다.

시「무서운 수다」는 세계-내-존재를 묘사하고, '세계-내-존재'의 숙명을 짐작하게 하는 수작秀作이다. "엄마"가 문門을 열어주었다고 할 수 없다. 그 엄마, 엄마의 엄마, 엄마의 엄마의 엄마 또한 세계내존재이다. "삼신할미"가 문을 열어주었다고 볼 수밖에 없다? "그애"의 문, 엄마의 문, 엄마의 엄마의 문, 엄마의 엄마의 엄마의 문을 삼신할미가 열어주었다? 삼신할미는 누구인가?

화폭 위의 '존재자das Seiende'들을 그린 그 삼신할미인가? 신인가? 신神? 신이 그랬다는 말인가? 신이 그랬다는 증거를 대봐라. 신이 안 그랬다는 증거를 대봐라. 신이 없다는 증거를 대봐라. 신이 있다는 증거를 대봐라.

엄마, 나의 세계내존재에 아무런 잘못(?)이 없고, 삼신할미, '나'의 세계내존재에 아무런 잘못이 없다고 말해야 할지 모른다. 세계내존재에 대해 함구하시오, 말해야 할지 모른다. 세계내존재의 '원인原因'을 설명하게 될 때 설명되지 못할 게 없게 된다. '모든 것의 이론theory of everything'은 불가능하다. 삶이 없는 죽음이 불가능한 것과 같고, 죽음이 없는 삶이 불가능한 것과 같다.

③ '소멸의 방정식'은 진리의 영토에 있다. 진리는 반박하기가 불가능하다. 진리가 그 자체 반박 불가능의 영토이다; 소멸의 방정식으로부터 잠시 벗어나 있을 수 있다. 꼭 입에 모래를 물고 계속 살라는(혹은 살아야 하는) 법은 없다. 내재성, 소위 '내재적 논리'에 충실하는 것이다, 내재적 논리에 충실한 詩를 쓰는 것이다. 세계[삶] '밖'에 대해(혹은 죽음에 대해) 집중할 수도 있지만, 삶[세계]에 대해 집중할 수 있다. 삶에 집중하는 시를 쓸 수 있다. '세계-내-존재'라니 그게 뭐야? 난 배가 고프다. 난 춥다. 난 아프다! 세계-내-존재가 지시하는 그 비극성, 본인의 의사와 무관하게 던져진 존재 의미도, 본인의 의사와 무관하게 던져질 존재 의미도, 진리의 위상을 갖지만, 배고프고 춥고 아픈 것도 그에 못지않게, 아니 절실함에 있어서는 그 이상으로 진리의 위상을 갖는다.

혼신의 힘을 다해 떨어져 사라져주는 (가벼운) 눈이

있고, 혼신의 힘을 다해 떨어지지 않으려고 '발버둥치
는' 이른바 "수평으로 내리는 눈"이 있다. 난 배고프고
싶지 않아. 난 춥고 싶지 않아. 난 아프고 싶지 않아.
더욱이 난 죽어주고 싶지 않아.

  아파트 공사장 대형 크레인 꼭대기에
  흰 바탕 붉은 글씨의 플래카드가
  생존권을 보장하라고 바람을 흔들고 있었다

사실 우리는 아는 것이 별로 없다. '모든 것의 이론'은
커녕 몰락[소멸]에 대해서도 결론을 내기가(최종적 해
석을 내리기가) 거의 불가능하다. '자발적 몰락'이라
고 하지만 이에 대해 '결심'을 하고, 결심을 실행하기
까지 쉽지 않다. 단계 단계마다 '난관'이 있고, 난관은
말 그대로 난공불락이다. 난경이 첩첩산중이다. 죽음
학? 죽음학thanatology이 무엇인가? 잘 죽을 수 있나?
잘 죽는 게 어떤 것?; 사라지는 것은 사라진다. 천천히
혹은 빠르게 사라져 갈 뿐이다; 시詩도 그렇다. 시에
대해서도 그렇게 많이 알지 못한다. 사라지기 전에 많
이 알지도 못하고 사라진다.
삶이 포함된 시가 있고, 삶이 제외된 시가 있다? 「수
평으로 내리는 눈」은 내재성Immanenz의 승전가, 이른

바 '내재적 논리'에 충실한 시였다.

나가며

'내재성의 승전가'를 붙이기가 쉽지 않다. 물론 삶을 포함하는 내재적immanent 시詩에서도 보편성의 승전가를 말할 수 있고, 삶이 제외된(혹은 생활이 제외된) 초월적transzendental 詩에서도 보편성의 승전가를 말할 수 있다. 다만, '거기에 죽음이 포함된 삶'의 시에서, 문학예술의 보편적 알레고리 및 문학예술의 보편적 승전가를 '더 많이' 말할 수 있지 않을까? 요컨대 몰락의 인간사, 몰락의 인류사, 몰락의 자연사, 몰락의 우주사를 말하지 않기가 어렵다. 몰락의 인간사, 몰락의 인류사, 몰락의 자연사로 귀결시키지 않기가 어렵다. 패권적 '동일성의 사유'라고 비난하지 못할 (유일한) 것이 바로 몰락에 관해서이다. 모든 것은 몰락한다. 강조하자: '모든 것'이라고 해서 전체주의적 사유라는 에피세트를 붙일 수 없는 것이 바로 '몰락'에 대해서이다. 모든 것은 몰락한다. "사소한 것, 배척된 것"(아도르노, 『부정의 변증법』), 사소하지 않은 것, 배척되지 않은 것, 주류였던 것, 모든 것이 몰락한다.

요컨대, 몰락의 몰沒-예외성에서 '동일성의 사유'를

139

비판적으로 갖다 대기가 곤란하다. 모두 다시 만나는 곳은 바다이다. 모두 다시 만나는 곳은 하늘이고, '하늘이라는 죽음'이다. '모든 것은 움직이고, 움직이는 모든 것은 사라지고, 사라지는 것은 사라지지 않는다.' 아인슈타인의 멜로디이다. '인간이라는 종은 고정된 것도 아니고 영원한 것도 아니다.' 『종의 기원』의 멜로디이다.

바람
바쁘다
떠나야 할 자들
흔들어 보내기 위해

가지 끝에 한 점
홀로 남아 흔들리는 것
차마 못 할 일이다

거둬가 줘야만
외롭지 않다

—「풍장의 계절」 전문

"거둬가 줘야만/ 외롭지 않다"는 '죽어줘야 외롭지 않다'는 말과 다르지 않다. '우리는 어디서 왔고, 누구이고, 우리는 어디로 가는가?'(고갱); 간단하다. 우리는 별에서 왔고, 성간 우주에서 왔고, 우리는 별로 간다, 성간 우주로 돌아간다. 성간 우주에서 다시 만난다. 우리는 외롭지 않다? ▧